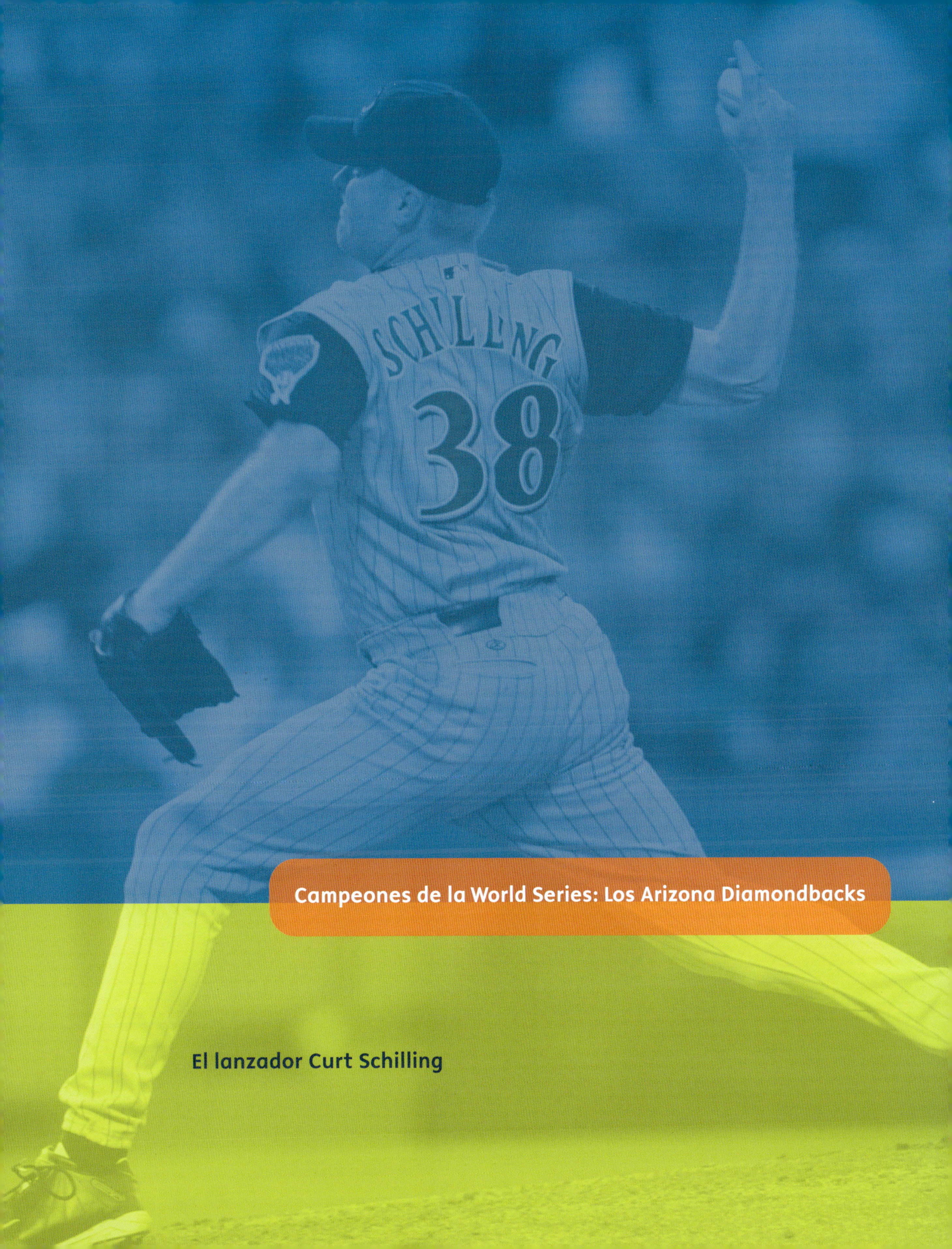

El lanzador Curt Schilling

El jardinero David Peralta

CAMPEONES DE LA WORLD SERIES

LOS ARIZONA DIAMONDBACKS

MEGAN COOLEY PETERSON

CREATIVE EDUCATION/CREATIVE PAPERBACKS

Publicado por Creative Education y Creative Paperbacks
P.O. Box 227, Mankato, Minnesota 56002
Creative Education y Creative Paperbacks son marcas editoriales de The Creative Company
www.thecreativecompany.us

Dirección de por de Tom Morgan
Diseño y producción por Ciara Beitlich
Editado por Joe Tischler

Fotografías de Alamy (Reuters), Associated Press (Margaret Bowles, David Zalubowski), Getty (Brian Bahr, Dustin Bradford, Stephen Dunn, Mike Fiala, Otto Gruele Jr., Norm Hall, Carmen Mandato, New York Daily News Archive, Denis Poroy, Matthew Stockman), Shutterstock (Sean Pavone)

Library of Congress Cataloging-in-Publication Data
Names: Peterson, Megan Cooley, author.
Title: Los Arizona Diamondbacks / by Megan Cooley Peterson.
Description: Mankato, Minnesota : Creative Education and Creative Paperbacks, [2024] | Series: Creative sports. Campeones de la World Series | Includes bibliographical references and index. | Audience: Ages 7-10 years | Audience: Grades 2-3 | Summary: "Elementary-level text and engaging sports photos highlight the Arizona Diamondbacks' MLB World Series win, plus sensational players associated with the professional baseball team such as Luis Gonzalez"-- Provided by publisher.
Identifiers: LCCN 2023015518 (print) | LCCN 2023015519 (ebook) | ISBN 9781640269354 (library binding) | ISBN 9781682774854 (paperback) | ISBN 9781640269590 (ebook)
Subjects: LCSH: Arizona Diamondbacks (Baseball team)--History--Juvenile literature. | Chase Field (Phoenix, Ariz.)--History--Juvenile literature. | World Series (Baseball)--History--Juvenile literature. | National League of Professional Baseball Clubs--Juvenile literature. | Major League Baseball (Organization)--History--Juvenile literature. | Baseball--Arizona--History--Juvenile literature.
Classification: LCC GV875.A64 P4718 2024 (print) | LCC GV875.A64 (ebook) | DDC 796.357/640979173--dc23/eng/20230413

Impreso en China

Campeones de la World Series de 2001

El lanzador Zac Gallen

CONTENIDO

El hogar de los Diamondbacks

Arizona es un estado en el oeste de los Estados Unidos. Es el hogar del Grand Canyon y del equipo de béisbol los Arizona Diamondbacks. Los Diamondbacks juegan en un **estadio** llamado Chase Field en Phoenix. Los aficionados los llaman los D-backs.

Los Diamondbacks son un equipo de la Major League Baseball (MLB). Son miembros de la **División** Oeste de la National League (NL). Sus **rivales** son los Los Angeles Dodgers. Todos los equipos de la MLB intentan ganar la World Series para convertirse en campeones.

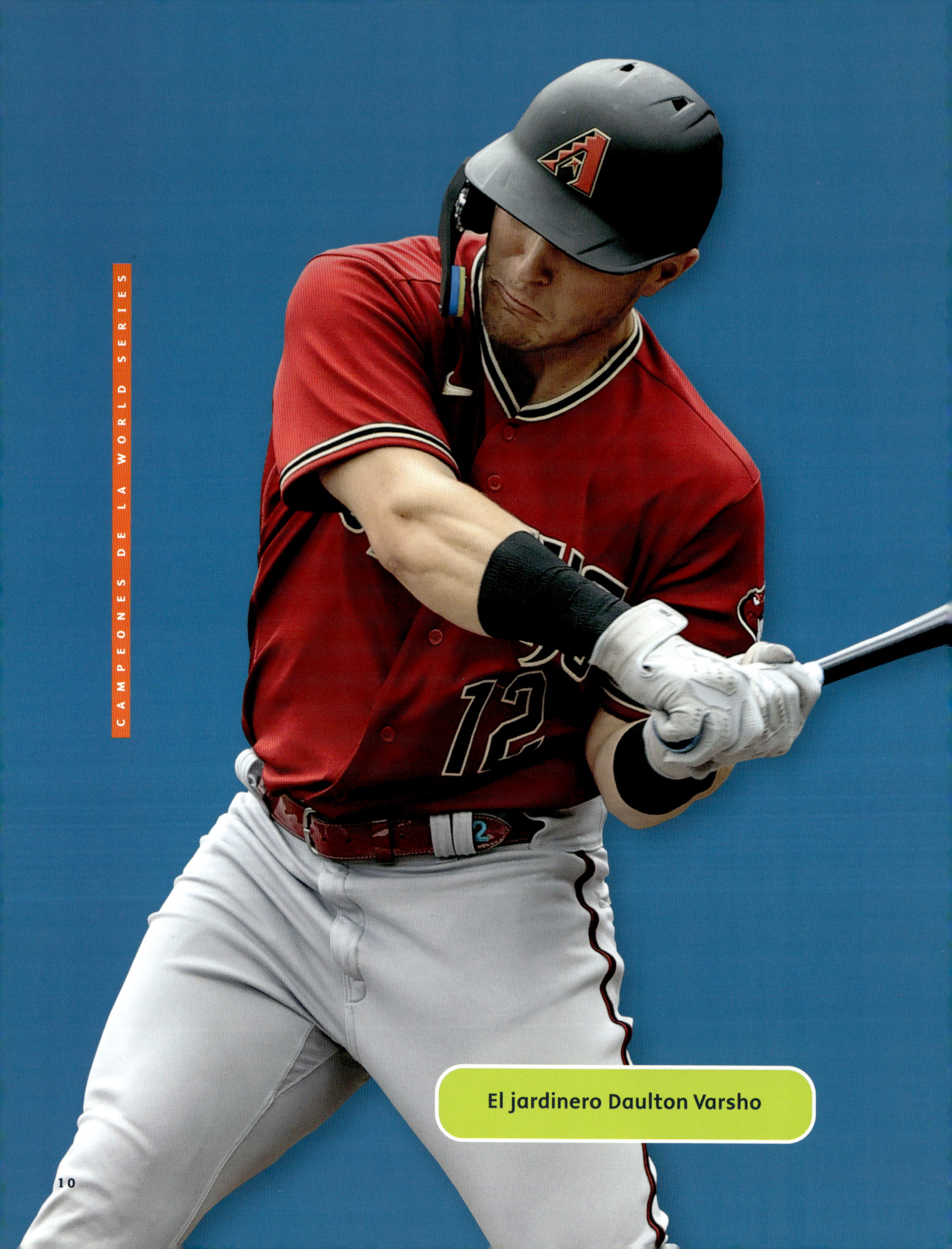

El jardinero Daulton Varsho

Nombrando a los Diamondbacks

Cuando el equipo se formó por primera vez, pidieron ayuda a los aficionados para elegir un nombre. A los aficionados se les ocurrieron los Rattlers, Scorpions, Phoenix, Coyotes y Diamondbacks. Los líderes del equipo eligieron los Diamondbacks. El Diamondback es una serpiente de cascabel que se encuentra en Arizona. Tiene un patrón de diamantes en su cuerpo. El equipo juega en un diamante de béisbol. Los D-backs usan uniformes de color rojo, negro y arena.

El lanzador Andy Benes

Historia de los Diamondbacks

El primer juego de los Diamondbacks fue en 1998. Travis Lee bateó hits. El lanzador derecho Andy Benes ponchó alos bateadores. Más de 50,000 aficionados asistieron para ver al equipo correr las bases.

Los D-backs fueron ganadores, de inmediato. Ganaron su división en su segunda temporada. Han ganado cinco títulos de la división hasta ahora.

Los lanzamientos fuertes caracterizaron a las primeras temporadas de los Diamondbacks. Randy Johnson ganó cuatro veces el Cy Young Award. Este premio se da al mejor lanzador de la temporada. El lanzador Curt Schilling logró 4–0 en las **eliminatorias** en 2001.

El lanzador Randy Johnson

El jardinero Luis Gonzalez

En 2001, los Diamondbacks se enfrentaron a los New York Yankees en la World Series. El jardinero estrella Luis Gonzalez dio el batazo ganador en el Juego 7. Los D-backs derrotaron a los Yankees, 3–2. ¡Fueron las campeones mundiales! Johnson y Schilling fueron nombrados los jugadores más valiosos de la serie. Ningún otro equipo de **expansión** ha ganado una World Series tan rápido.

Otras estrellas de los Diamondbacks

Los Diamondbacks encontraron a otro gran lanzador en Brandon Webb. Él ganó el Cy Young Award en 2006. También, apareció en tres Juegos de Estrellas consecutivos.

El lanzador Brandon Webb

El primera base Paul Goldschmidt

El primera base Paul Goldschmidt se unió al equipo en 2011. Jugó en seis Juegos de Estrellas consecutivos. Ganó tres premios Gold Gloves y cuatro Silver Sluggers. Los mejores jardineros y bateadores los ganan. En 2011 y 2017, él ayudó a llevar a los D-backs a las eliminatorias. Los lanzadores Zac Gallen y Joe Mantiply traen calor desde el montículo. ¡Los aficionados esperan ver otro campeonato en el futuro de los Diamondbacks!

Sobre los Diamondbacks

Comenzaron a jugar en: 1998

Liga/división: Liga Nacional, División Oeste

Colores del equipo: rojo, negro y arena

Estadio local: Chase Field

CAMPEONATOS DE LA WORLD SERIES:

2001, 4 juegos a 3,
venciendo a los New York Yankees

Sitio web de los Arizona Diamondbacks:
www.mlb.com/dbacks

Glosario

división: un grupo de equipos en una cierta categoría para una competencia

eliminatorias: partidos que juegan los mejores equipos después de una temporada regular para ver quién será el campeón

estadio: un edificio con niveles de asientos para los espectadores

expansión: un nuevo equipo en una liga deportiva

rival: un equipo que juega muy duro contra otro equipo

El lanzador Joe Mantiply

Índice